This book is to be returned on or before
the last date stamped below.

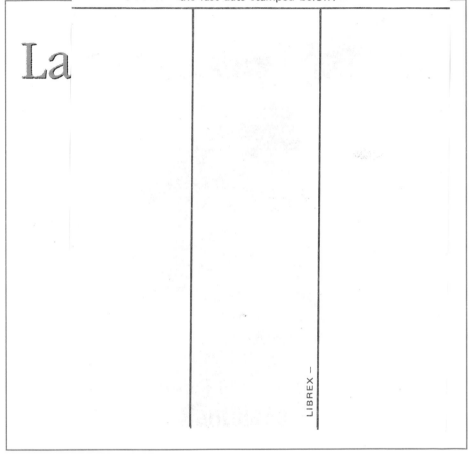

La

LIBREX —

Para Vivienne,
quien abrió este camino

Original Title: Horatio's Bed

First published in Great Britain in 1992 by Walker Books, Ltd.

©1995 by Santillana USA Publishing Co., Inc,
2105 N.W. 86th Avenue, Miami, FL 33122

Text and illustrations ©1992 by Camila Ashforth

Printed in Hong Kong

ISBN: 1-56014-581-1

La cama de Horacio

de Camilla Ashforth

Traducción de Andrea B. Bermúdez

Santillana

Horacio pasó la noche entera sin dormir.

Daba tumbos y saltos.

Rodaba

y se movía.

No había manera de estar cómodo.
"Le voy a preguntar a Jaime qué es lo
que me pasa," pensó en voz alta.

Jaime estaba ocupado dibujando.

Horacio se sentó. —No pude dormir nada anoche—dijo.

—¿Será tu cama?—preguntó Jaime.

—No tengo cama—contestó Horacio.

—¡No me digas! Entonces tenemos que hacerte una—añadió Jaime.

Jaime sacó una hoja de papel de su Caja Valiosa y, con mucho cuidado, comenzó a dibujar una cama para Horacio.

Era una cama grande y cuadrada con una pata en cada esquina.

Luego tomó otra hoja de papel y dibujó una segunda cama para Horacio.

Ésta también era grande y cuadrada con una pata en cada esquina.

Horacio se emocionó muchísimo.
Tomó uno de los dibujos de Jaime y
trató de doblarlo para formar una cama.

Luego se metió dentro de "la cama" y
cerró los ojos.

No era muy cómoda y cuando
Horacio se volteó...
¡RRRAAAPPP!

Jaime levantó la mirada y,
sin dejar de dibujar, dijo:
—Esa cama parece demasiado dura.

Horacio pensó por un momento.
Sacó unas plumas de la almohada
de Jaime e hizo con ellas una cama
grande y cuadrada.

Pero cuando se acostó en ella, las
plumas comenzaron a hacerle
cosquillas en la nariz.

Estornudó y estornudó.

Jaime dejó de dibujar y
comenzó a soplar las plumas.

Jaime sentó a Horacio en
su Caja Valiosa y le dijo:
—Espérame aquí un minuto mientras
termino de dibujar tu cama.
Ya había dibujado cinco camas cuadradas
y se estaba haciendo un experto.

Pero cuando Jaime se dio la vuelta,
Horacio se bajó de la Caja Valiosa.
Quería saber qué era lo que Jaime
guardaba adentro.

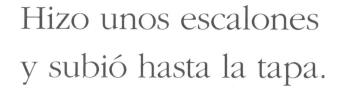

Hizo unos escalones
y subió hasta la tapa.

La abrió y se asomó.

Había de todo un poco: botones,
cepillos, llaves, pinzas para colgar ropa,
partes de relojes, sujetapapeles y
pedacitos de cordel.

Horacio buscó una cama.
No pudo encontrar nada
parecido a los dibujos de Jaime.

Pero sí encontró una media roja grande.
—¡Jaime, mira esto!—Exclamó—.
¡Encontré tu otra media!

Jaime no parecía muy contento.
A él no le gustaba que nadie
registrara su Caja Valiosa.
Ni siquiera Horacio.

En silencio y con mucho cuidado comenzó
a guardar de nuevo sus Cosas Valiosas.

Cuando terminó, cerró la tapa y buscó
a Horacio.

—Ahora sí puedo hacerte una
cama—le dijo.

Pero no hizo falta porque Horacio
se había quedado dormido.
Su cama no era cuadrada y tampoco
tenía una pata en cada esquina.
Pero para el pequeño Horacio
era perfecta.